Juca

Editora Appris Ltda.
1.ª Edição - Copyright© 2025 dos autores
Direitos de Edição Reservados à Editora Appris Ltda.

Nenhuma parte desta obra poderá ser utilizada indevidamente, sem estar de acordo com a Lei nº 9.610/98. Se incorreções forem encontradas, serão de exclusiva responsabilidade de seus organizadores. Foi realizado o Depósito Legal na Fundação Biblioteca Nacional, de acordo com as Leis nºˢ 10.994, de 14/12/2004, e 12.192, de 14/01/2010.

Catalogação na Fonte
Elaborado por: Dayanne Leal Souza
Bibliotecária CRB 9/2162

F825j
2025
	Franco, Veronica Mahias
	    Juca / Veronica Mahias Franco ; ilustrado por Leticia Hanae Miyake.
	– 1. ed. – Curitiba: Appris, 2025.
	    20 p. : il. color. ; 21 cm.
	
	    ISBN 978-65-250-7839-7
	
	    1. Gesso. 2. Braço quebrado. 3. Catapora. 4. Sarampo. 5. Literatura infanto-juvenil. I. Franco, Veronica Mahias. II. Título.
	
	                                                          CDD – 028.5

Appris *editorial*

Editora e Livraria Appris Ltda.
Av. Manoel Ribas, 2265 – Mercês
Curitiba/PR – CEP: 80810-002
Tel. (41) 3156 - 4731
www.editoraappris.com.br

Printed in Brazil
Impresso no Brasil

FICHA TÉCNICA

EDITORIAL	Augusto V. de A. Coelho
	Sara C. de Andrade Coelho
COMITÊ EDITORIAL	Ana El Achkar (Universo/RJ)
	Andréa Barbosa Gouveia (UFPR)
	Jacques de Lima Ferreira (UNOESC)
	Marília Andrade Torales Campos (UFPR)
	Patrícia L. Torres (PUCPR)
	Roberta Ecleide Kelly (NEPE)
	Toni Reis (UP)
CONSULTORES	Luiz Carlos Oliveira
	Maria Tereza R. Pahl
	Marli Caetano
SUPERVISORA EDITORIAL	Renata C. Lopes
PRODUÇÃO EDITORIAL	Adrielli de Almeida
REVISÃO	Jacqueline Barbosa
PROJETO GRÁFICO E ILUSTRAÇÃO	Letícia Hanae Miyake
REVISÃO DE PROVA	Cólmeia Studios

Juca gosta de jogar bola, correr e brincar de polícia e ladrão. No sítio da avó, ele sobe nas árvores e come frutas direto do pé.

Juca também adora cachorros, gatos e passarinhos.

Um dia, Juca quebrou o braço. Sua cadela saiu em disparada em direção ao portão, e ele não conseguiu soltar a guia do pulso nem a coleira. E lá foram os dois, embolados no chão.

Juca precisou fazer um raio-x e acabou com o braço engessado.

E gesso no braço é coceira na certa! Para aliviar, ele usava uma régua ou um lápis para coçar.

Por causa do gesso, Juca perdeu várias lições no colégio, pois não sabia escrever com a outra mão. Ele ficava pensando como seria bom não ter quebrado o braço e nem sofrido uma fissura. Fissura, aliás, foi o termo médico que o ortopedista usou: "uma fissura no terço distal do rádio". Ninguém entendeu muito bem o que isso significava, mas todos fizeram aquela cara de quem entendeu e murmuraram: "Hummm."

Quando voltou ao colégio, no entanto, Juca foi recebido com alegria.

Todos queriam assinar no gesso e desenhar.
Ele achou o máximo! Até a Thaís desenhou
um coraçãozinho no pingo do "i" do nome dela.

Pronto, toda vez que ele pensava em coçar o braço, olhava para o coraçãozinho e se lembrava: "Logo, logo, essa coceira vai passar. E a Thaís? Ah, essa eu vou beijar!"

Outra vez, Juca teve catapora, uma doença que coça ainda mais. As bolinhas espalhadas pelo corpo o obrigaram a tomar banho com água roxa.

Ele adorou! Sentiu-se como um rei na banheira, cercado pela água colorida e pela voz carinhosa da mãe. Quem não gosta de um cuidado materno?

Depois disso, Juca só teve caxumba. Apesar de ficar com o rosto inchado, ele adorou a doença. O motivo? Sorvete! O gelado aliviava a garganta e as amígdalas inflamadas, tornando tudo mais suportável.

O tempo passou, e José não é mais um menino. Agora, ele é um velhinho deitado em uma cama, olhando para o teto branco do hospital.

Enquanto repousa, lembra de todas as doenças que teve na infância e de como foi bom ganhar o coraçãozinho da amiga, o carinho da mãe e o alívio do sorvete.

E essa doença no coração que ele tem agora? Juca sorri. Ele sabe que o coração só adoece em pessoas que estão vivas. E viver é tão bom.

SOBRE A AUTORA:

Veronica é médica e mãe de Ana. Vive em Vila Velha (ES) com sua filha e seus dois gatinhos. É apaixonada em uma boa conversa e conhecer pessoas. Outros livros da autora: "A menina que gostava de tomar banho" e "As aventuras de Antonella e Clarisse'.